深夜叢書社

井口時男句集

その前夜

その前夜……目次

●エッセイ

表紙写真
Stas Muhin
カバー写真／装丁
高林昭太

その前夜

井口時男句集

一——句帖から

二〇一八年

花大根雪駄の似合ふ男ぶり

椿落ち地中に濡れた眸《め》がひらく
くつたりと小さきもの死す春の甃

「謡《うたげ》」てふ居酒屋ありぬ夕つばめ

虚無僧になりたし柿の花こぼれゐる

潮来あやめ園から鹿島神宮　二句

世界やはらげよ雨の花あやめ

形代《かたしろ》にをさなき名あり花菖蒲

＊二〇一八年六月八日、潮来あやめ園（咲いているのは花菖蒲）から鹿島神宮へ。形代は夏越《なごし》の祓のための紙を人の形に切り抜いた人形《ひとがた》である。参詣路脇の箱の中に積まれた小さな人形に氏名と生年月日を書いておくと神官がまとめて祓いをしてくれるのだそうだ。

帰宅すると、五歳の少女が実母と継父の虐待で殺されたというニュース。

「ママとパパにいわれなくってもしっかりとじぶんからもっともっときょうよりかあしたはできるようにするから　もうおねがい　ゆるして　ゆるしてください　おねがいします」（船戸結愛）

陽に誇り水に昏れゆくかきつばた

〈広島や蛇の蛻《もぬけ》の目のドーム〉
中川智正（元オウム真理教信徒。「ジャム・セッション」第13号より）

虚に殺し実に殺され夏の月

＊二〇一八年七月六日、オウム真理教麻原彰晃ら七人死刑執行。中川智正もその一人だった。七月二十六日、残り六人執行。計十三人。地下鉄サリン事件の死者十三人。彼らは虚誕の物語を信じて人を殺し物語を失って処刑された。では、我らはいかなる虚誕の中にいるのか。

白雨やさし象使ひが象洗ふごと

婆娑羅神騎行す雷鳴の浜通り

少年は傷こそ誇り夏の雲

火星大接近（二〇一八年七月末）　三句

火星接近す不眠の夜の蟬時雨

火星大接近浮足立ッたる海月ども

怪獣はみな孤独だつたな夏日星

酔ひどれて霊魂《たましひ》落とす夏の月

霊魂《たましひ》を鬻《ひさ》ぐ声あり夏の市

火の文身水の文身都市雷雨

太宰治に

「アカルサハ、ホロビノ姿」白夜都市

不死てふ業罰月光都市は白夜めき

銀やんま甘嚙みさせて放ちけり

おとなしき人に手向けん萩の花

カンナ炎ゆそこに昨日の影法師

鴉吊るされて南瓜の当たり年

霧の寝台耳を澄ましてぬれてゐる

己が名によるアナグラム

まゝよ痴愚沖いと遠く霧《き》らふとも

運河に花束赤髪は霧にぬれ

頭《づ》潰し釘打ち鋸《のこ》挽《び》き皮剝ぎ穴まどひ

主《ヌシ》ともならず雲雨も呼ばず穴まどひ
白髪の冷えとほるまで尉の恋

二〇一九年

遠方の友へ　三句

君の肝臓しづかに脹れあけび熟れ

氷雨の海に熱き肝臓冷やしおく

生還の声あつけらかんと木瓜の花

紅灯へ吹き寄せられて寒の塵

寒夜明け焼酎臭い死が一つ

殺しゝにあらず見捨てしのみと寒の月

二〇一九年一月末『蓮田善明　戦争と文学』出版

こゝにまた紙の碑冬怒濤

凍天へ汝が脊柱を直くせよ

三歳の豊田敏久くんへ

れ　　　豊田敏久

ママ
ここに
カンガルーがいるよ

（川崎洋↓北村薫↓）齋藤愼爾『逸脱する批評』より

「れ」はカンガルー「ふ」は白鳥の翔《た》つかたち

赤んぼがでんと居坐る春座敷

ふらここや首吊り男はいまも二十歳

とむらひは幾たびもせよ紫木蓮

雪解やナウマン象のひと揺るぎ

クロッカス心臓こゝに埋めたか

〈季節のうへに死滅する人々からは遠く離れて〉ランボオ「別れ」

花の雲季節に死ぬる身なりけり

神経が青く茎立つ春の雨

鉢植ゑのきみの肋骨春ふかし

柳絮飛ぶ水路の町の逆光に

死は背中より花冷えの街のジャズ

芝桜誤植ちらつく飛蚊症

花田植山椒魚の大あくび

二〇一九年四月一日、新元号「令和」発表　二句
初めて「国書」を典拠にした元号だと政府や「識者」は言い張るも、発表後一時間もせずに
中国人の友人から、あれは有名な張衡の賦でしょう、とメールがきた。

石楠花の雨に令和の万葉集

〈初春令月、気淑風和〉山上憶良（『万葉集』）

石楠花の雨に張衡「帰田ノ賦」

〈仲春令月、時和気清〉張衡「帰田賦」（『文選』所収）

踵病み鬱々われは梅雨の象

長梅雨や老いた駱駝の思案顔

ほそる世に螢袋のほのあかり

盲《めし》ひ聾《みみし》ひほたるぶくろの中に坐す

藝文の腐草にともる青螢

谷間の夏へ青鬣はいつさんに

夏蝶の影が貼りつく甃のうへ

炎帝と昼酒を酌むガード下

海鞘《ほや》ふとる海底ひそと動く夜も

星と星牽き合ふ夜も海鞘太る

こをろくと海かき混ぜよ海鞘熱死

踏ん張つて夕陽ひるかよ蟇

わが健啖夏野の石も土くれも

ある男へ　二句

石もて潰せ舌なめらかな大なまづ

蛸壺や生涯ぬめる男なり

S君から天山の雪の水で醸した新疆の酒「伊力老窖」届く

夏の夜をこれ天山の雪の酒

「楢山節考」のモデルの村にて　二〇一九年八月二十六日　三句

夕焼の早桶沢へ七曲り

晩夏晩景矍鑠として山畠

老農に志あり夏逝くも

銀河流れよ廃墟も青き水の星

俳諧は死語の波寄る秋の岸

身の秋を泪橋から山谷まで

風来の叔父が来さうなうろこ雲

コンビナートがのたくる夜だ月蹌踉

またある男へ

条件法でもの云ふ男虚栗

山姥も綴れ刺すかよ冬支度

メルカリで背骨売ッたるや冬ごもり

新巻がクワッッと眼を剝く雪起し

二〇二〇年

ひしめいてスマホかざすも年迎へ

死者たちの書物並べて去年今年

乳の香うつすら人の日のエレベーター

石原吉郎に

春風やクラリモンドは自転車で
シャボン玉子らと子雀跳ねやすく

天地の開けておたまじやくしかな

我や悪相雪柳の花扱《しご》き取る

歳時記に君の句ありと花あせび

死にたれば八年《やとせ》の春をひやしんす

蹲《つくば》つて雨に候雨蛙

梅雨鳩の頭蓋にもつれ闇の屑

汗男腹に五寸の縫合痕

風絶えて真昼目くらむ黒揚羽

青鷺に見張られて釣る夢の淵

口寄せたまへば青白きかな夜の百合

端座てふ言の葉ありき死者の夏

青草われら数へ尽され蛇の道

朝焼や音符のごとき椅子二つ

こぶし回して故郷《くに》偲び唄男郎花

花梨実ればはや奔放な青乳房

鉄骨の森に迷ひて蝶冷ゆる

霧の酒舗禿頭白頭ひそ〳〵と

いつからの晩年小春日の三日目

二〇二一年

うらゝかや老漫才師鳩まみれ

きみにも修羅かたかごの花うつむいて

一人の姪に　出産を祝して

雪嶺かゞやくこの現し世へようこそ

嬰児の名前を折句として

宇宙卵たちまち孵る初日かな

もう一人の姪の結婚を祝して

祝婚や曳舟からの花便り

春宵の「居酒屋馬酔木」灯りけり

逃水や王国いくつ亡びたる

遠富士へ言の葉若葉ちぎり行く

五十七年後の東京オリンピックに

筋肉は饐えて五色の黴の花

蜜流れ乳流れ難民流れ砂炎ゆる

ひぐらしの鳴かぬ国なり自爆テロ

匍匐して花野に斃れ帰らざる

身を宙に吊つて南瓜の蔓太し

二〇二三年

ほろ酔ひの身を山茶花に抱き取られ

闇は温し光は痛し寒卵

その前夜（いまも前夜か）雪しきる

二——連作から

蛇七態　七句

ぞわくと青血泡立ち穴を出る

草野心平に（ぐるるはるるるやぐりまの友だちだった）

ひなげしを灯しおくぐるる溶くるまで

ウロボロス腹のあたりが膨れたる

お日がらようてお身がらようて皮を脱ぐ

つるみ合ふ鱗蛻々合歓の花

水うねり文身ぬめり虹二重

朽縄なれば白身の肌はそつと絞め

日本語暮色　三句

青山《あをやま》を枯山《からやまな》為して日本語暮色

五月蝿《さばへ》なすインターネット日本語暮色

水漬《みづ》くスマホ草生《む》すスマホ日本語暮色

液晶都市　三句

液晶の水蛇《ヒュドラ》がすべる地下水路

〈一穂青燈万古心〉　菅茶山「冬夜読書」

液晶都市一穂《イッスイ》の青燈月を刺す

銀漢北へ液晶都市凍結《フリーズ》！

道化の秋　八句

道化師のはらわたよぢれ柘榴裂け

月に笑ふピエロ0《ゼロ》を累乗し

天高くアルレッキーノの宙返り

台風の眼に与太郎が舞ひ踊る

紅葉狩往きて還らぬ太郎冠者

月青く猪突の騎士に憂ひあり

秋風や王の道化の綱渡り

王よ歴史は月下の墓地にすぎませぬ

魚沼へ　七句

雪嶺へ後退り行くわが帰郷

ふるさとは神棚にぎはふ去年今年
魚沼の雪は掘るものこざくもの

〈灰色の雪の中より訴ふるは夜を慰《(ママ)》やされぬ灰娘《サンドリアン》のこゑ〉中城ふみ子

灰《サンドリヨン》かぶり幾たり眠る雪の村

雪の夜のわが少年を幻肢とす

軒つらゝぬり絵ぬる子に微熱あり

父母屈まつてかたかごの村は陽に眩《くら》む

人体逍遙　六句

中原中也に

咽喉《のんど》に牡蠣殻胃壁にそよぐいそぎんちやく

曲水や琳派《リンパ》流るゝ燕子花

蝸牛《クワギウ》カラコロ内耳の塔を転げ落つ

白南風や貝殻骨に海が鳴る

剣折れてアキレス斃れ虫の闇

島守のランゲルハンス氏ひとり咳く

入沢康夫と尾崎放哉に

飄風《へうふう》　七句

——飄風は朝を終へず（老子）

二〇一九年五月二十八日朝、川崎市登戸駅前のスクールバス乗場で児童ら多数が殺傷された。犯人の男はその場で自ら首を切って自殺。犯行現場も児童らの通う小学校も私の散歩範囲だった。

天に声なし白光乱刃新樹を薙ぐ

飆風一過瞳孔に緑さす

ニンゲンハイツポンノ管サヨナラ五月

セカイガオレヲオレガセカイヲ五月果ツ

藻の花を水底の街の供華として

紫陽花の花ふる朝の水供養
六月の子らぷくくと鰓呼吸

山爺の村　六句

いつせいに柱が芽吹く山の村

時打たぬ柱時計や蔦青葉

山桃は山桃として実りつぎ

村溶けゆくか夜もみどりに水したゝる
山爺は背中苔生し岩を抱き

山爺が摩羅振りをどる滝とゞろ

猫たちの四季　五句

おぼろ夜の猫が見返る「ねえばあ・もうあ」

＊「ねえばあ・もうあ」は「Nevermore」。エドガー・アラン・ポーの詩「大鴉（The Raven）」の大鴉の声。萩原朔太郎は「詩の翻訳について」でこう表記した。だが、ひらがなの「ねえばあ・もうあ」は私には鴉よりは猫の声のように聞こえるのだ。

鈴なりの猫のたましひ鳴れよ鈴蘭

梅雨猫と草の隠者は溶けやすく

黒猫の眉間に発止《ハッシ》！流星燦

夢屑かさこそ落葉の午後のうつら猫

二〇一九年九月二十七日室井光広急逝
追悼　七句

君逝くや秋たまゆらの黒揚羽

黒い揚羽の影がちらつく水の秋

銀河茫々君よく隠れよく生きたり

断腸花骨を拾ひに行く朝の

棺にりんだう大字哀野を花野とす

君は燃え我は秋日の猫じやらし

喉ぼとけ箸でつまゝれ黙す秋

「室井光広のモチーフによる変奏」より　十七句

残暑てふ漢字をほどきあはれかなく

秋出水かけ橋いくつ途絶えたる

秋さびし木霊かそけき森に来て

行間に魑魅《すだま》隠れる秋灯下

月の夜を木霊言霊をどる木偶《でく》

手習ひの兄おとうとよ霧の村

名刺あり「私設月光図書館司書」

漆炎え縄文の蛇穴に入る

漆紅葉下照る道の文字かぶれ

あんにゃとて書読《ふみ》む秋を木挽唄

黄落の中を眼病みの独学者

ボルヘス夜なべして言の葉を綴れ織る
鵙の贄なほあざらかな耳と舌

言語野はヨミの花野ぞ踏み迷へ
オラオラデシトリエグベシ彼岸花

木守柿荒野をナマリの騎士が行く

君逝きて電子文字降る枯野かな

開化幻景　四句

忠孝をうなるだみ声葭簀張

ギョメーギョジオッペケペッポーラムネ玉

人の上に人を造りて菊見かな

瓦斯燈に秋ともし行く影男

ウイルスの春　九句

ウイルスの春ひつそりとケバブ売

春の雪はだらまだらに世界病む

春寒やメールの言葉やゝ尖り

うつとりと無人の街の夕桜

花盈ちて虚空波立つウイルス禍

空咳に小鬼さゞめく花明り

蝶落ちて鱗粉の街メイド服

鱗粉にまみれ死ぬべしそれもよし

さながらに陽光散華叫天子

祖母が語った物語　五句

栃の実ぽとり風で始まる物語

秋の夜は貉《ムジナ》が婆を搗き殺す

かちく鳥もぼうく鳥も燃える秋

彼岸花血だら真赤な婆供養

両の目の大灯明や秋夕焼

ウイルスの夏　五句

マスク流るゝムンクの橋の梅雨夕焼

鳩蹴散らかしマスク老人夏の乱

ウイルスの吐息おぼろに合歓の花

ひきがへる他人ばかりの死者の数

人は殖えつぎ死者も殖えつぎ夏終る

母よ　十句

二〇一八年

花野行き母はわらべとなりたまふ

花野行きわらべの母とはぐれけり

二〇一九年

母吾を忘れたるとか雪便り

二〇二〇年

草藤や水の家族を母が呼ぶ

二〇二〇年、母の手の甲や指の股に不思議な透明な膜が出現した。

桑の実や透きつゝ母は繭ごもる

自分のボケを楽しんでいる風もあった母だが、
二〇二一年四月になると全身の痛みに苦しむ日が多くなった。
二〇二一年四月十四日午後　一月十七日以来十三回目のZOOM面会

わが名二度苦しく呼びし四月はや

二〇二一年四月十六日朝、金雀枝の花を初めて見た。
午後、十四回目のZOOM面会。あまりに苦しげなので五分で中断。

金雀枝や母のいのちを想ひつゝ

二〇二一年四月十七日未明、母死去の報。
満九十二歳。生涯一農婦。

金雀枝やいのち傷みて母逝きぬ

母逝きてすみれかたかごれんげ草

春の野に女童《めわらんべ》の母遊ぶらん

父よ　五句

死者の夏渇いてわれも水辺行

＊父は無口な農夫として生き、二〇〇二年七月六日、満七十八歳で没した。

シベリアの朽木を焚かん魂迎へ

＊父は四年三カ月間シベリアの収容所に抑留された。

父あらば白寿霜月初雪草

＊父は一九二三年十一月二十五日生だった。

憂國忌父よ白寿の一兵卒

＊父は一九四三年二月応召。敗戦時の階級は兵長。兵長は下士官の下で兵の最上位。十一月二十五日はいまでは三島由紀夫の忌日で「憂國忌」とも称される。

憂國忌父よ白寿の「ハラショ・ラポータ」

＊「ハラショ・ラポータ」はロシア語で「優秀な労働者」の意。

河林満を想ふ　六句

春宵や罪障呷つてべろんく

母の棺の黒い羊水旱《ひでり》草

流れぬ水は腐るだけだぞ蟾蜍

らあくと唱つて渡れ天の川

夜警斃れて脳内真赤な寒夕焼

死後を生きいま熱燗を酌み交はす

三――旅の句帖から

一　すみれと原発（二〇一八年四月）　十句

永平寺

葉桜の雨はうす墨修行僧

恐竜博物館

恐竜の骨が突立つ春の丘

福井港

花すみれ我もしやがんで海を見ん

＊朝、福井港を見下ろすホテルの造成された小丘に上ったら、花水木の細い木が一本花をつけていて、その根元に菫がまばらに咲いていた。実は私の住む多摩川中流域の町では野生の菫を見ることがなかった。大柄で華やかなビオラやパンジーはいたるところの花壇やプランターに咲きこぼれているというのに。思い立っておよそ半径二キ

ロはどを毎日探し歩いたが、ついに見なかった。とうとう〈郷愁萎えてこゝは菫の咲かぬ町〉と詠んだのが一週間前のことだ。前日の車中でも、野生の菫は絶滅危惧種なのではないか、などと同行者たちに話してさえいたのである。それゆえに感激ひとしお。この時から、「原発を探す旅」は、私一人、「菫を探す旅」になった。

気比の松原

原発は半島隠れすみれ草

＊広い松林の中で一輪だけ菫を見つけた。半島に隠れて見えないのは敦賀原発。

美浜原発

すみれ探して原発と遭遇す

＊若狭湾沿いの四つの原発のうち、外から一般人に見えるのは美浜原発だけだ。大型トラックなどが原発へ渡っていく橋の手前、原子力ＰＲセンターの庭の一隅、囲われた小区画に菫群生。人の手で囲い込まれた菫だ。

小浜

人魚の骨を鳶《とんび》が攫ふ春の浜

＊海辺の公園に人魚の像あり。人魚の肉を食ったという八百比丘尼入定伝説の洞窟あり。

舞鶴・引揚記念館
一九四九年十一月三十日、父はこの港に入港し、復員した。

シベリアはるかに軍港の八重桜

伊根の舟屋

潮満ちて伊根の舟屋は鳶の春

道尽き崖落ち菫吹きッさらし

経ヶ岬

＊丹後半島突端。雨もよいの夕暮れ、秘境めいた道を走って、行きどまりの崖の上の駐車場に車を停めた。誰もいない。灯台へと歩く細道は崖崩れで通行禁止。売店なども今は閉まったままらしい。帰りかけたとき、転落防止用の柵の外に一叢の菫が咲いているのを見つけた。海面まで垂直に切り立った崖っ縁。海からの強い寒風に吹き曝されている。これぞまぎれもない野生。見かけないのは菫の生命力が弱いからかと思っていたので、ことさら感激。

亀岡天恩郷

王仁三郎の夢屑こぼれ花すみれ

＊大本（大本教）の二大聖地。まず訪ねた綾部の梅松苑では菫を見なかった。亀岡の天恩郷は元々明智光秀の居城だった亀山城の跡。広大な敷地内の植物園に「いぶきすみれ」と「ながはしすみれ」があった。

二　吉野紀行（二〇一八年十一月）十一句

象《きさ》の小川

水分女神《みくまり》の白き小指の血の紅葉

天川へ

天川の秋へいざなふ「だらにすけ」

天川の宿

猪鍋や噯気《おくび》こもぐ秋炬燵

吉野山

前鬼後鬼炊煙のぼると見れば霧

金峯山寺蔵王堂本尊開帳

大権現の忿怒真青に霧の雨

金峯山寺傍の土産物屋にて

吉野錦秋法螺吹き初めし似非修験

吉水神社　寺宝に弁慶の七つ道具

紅葉千本搔くや弁慶大熊手

如意輪寺&吉水神社

寺宝神宝時をり眉に秋時雨

十津川村

十津川の秋を隧道数知れず

十津川から高野山へ

木の国の木を伐る仕事秋深し

高野山

霧雨も人語鎮めず奥の院

エッセイ

追悼句による室井光広論のためのエスキース

追悼・室井光広　七句

二〇一九年九月二十七日夕刻、奥様・陽子さんからのメールで室井光広の死を知った。その前日「てんでんこ」十二号が届いたばかりだった。

「てんでんこ」は東日本大震災後に彼が仲間たちと創刊し、実質的に編集・主宰してきた雑誌である。十二号に彼は、「エセ物語編纂人」名義による長期連載小説『エセ物語』と実名での多和田葉子論と偽名でのコラム三本と無署名のコラム一本、計六本を発表していた。苦しい闘病の中でよく頑張ったものだと私は感嘆し、彼の病状の行方に光明を見たような気さえしていたのである。（偽名のコラム二本は私の俳句と『蓮田善明　戦争と文学』への感想だった。後日、十三号のコラムのための原稿が見つかった、と陽子さんが送ってくれた「遺稿」も私の俳句についての感想だった。）

その十二号に私はコラムを一本載せただけだった。

彼は七月三日に入院した。（「群像」十二月号の追悼文に六月半ば入院と書いたのは私の勘違いだった。）その時点では病名はまだ推測の段階だったが、八月初めに届いた彼自身からのメールは「悪性リンパ腫なる血液のガンにとりつかれた男からギリギリの一報」と書き出されていた。末尾に婉曲な原稿督促と読める文言があったので、大急ぎでコラムを書いて送ったのである。毎号書いていた俳句がらみの近況報告で、タイトルは「生還の声あつけらかんと」。

——前年十一月末、肝臓癌で余命数年の宣告を受けた、とせつなげに電話してきた遠方の友人が、その後音沙汰なく、今年二月初めに電話したら、あれはほぼ完治した、とあっけらかんと応えたのだ。しかも、かくも速やかな治癒は抗癌剤治療のかたわら医師に内緒で大量に飲み続けていた顆粒状の乳酸菌のおかげにちがいない、などととぼけたことを言うのである。喜びもしたが驚きあきれもした。余命宣告からわずか三ヶ月での完治宣言である。それで、〈生還の声あつけらかんと木瓜の花〉だ。コラムの末尾は

「奇跡は『あっけらかんと』起こるものらしいのだ」と結んだ。

癌の性質が違うことは承知で、ただの無責任な気休めとは知りつつ、それゆえかえって腹を立てられてもしかたないとも思いながら、書かずにおれなかったのだ。

折り返し、抗癌剤の副作用で朦朧としているが、陽子さんが枕元で二回読んでくれた、「心に沁みた」、と短いメールが来た。だが、彼に「奇跡」は起こらなかった。

彼が息を引き取ったのは二十七日の昼十一時半だったそうだ。その日、遠く離れた場所で私の体験した不思議——室井用語でいう「コウインシデンス」(coincidence、偶然の一致、符合一致)、「ねこまたの聞かせ」(虫の知らせ)——については「群像」十二月号の追悼文に書いた。散歩していた私は、ちょうどその時刻、梨畑に廻らされた二枚の薄いネットの間で出られなくなっていた黒揚羽を素手でつかまえてスマホで「記念撮影」したのち「解放」してやったのだった。あたかも生と死のあわいでもがき苦しんでいた彼の魂を「解放」してやる(「解放」してしまう)ように。(写真は今もスマホに残してある。「プロパティ」を確認すると、撮影時刻は「11:24」だった。)

蝶を人の魂とみなす伝承は洋の東西を問わず古くからあるが、ことに黒揚羽は私にとって格別で、夏の日盛りを歩いていると、木陰などから影そのものが揺れるようにして現れる。それは光(生)と影(死)の境界をゆらめき翔ぶ蝶なのだ。だからたとえば、齋藤愼爾句集『陸沈』に寄せて〈陸沈や幽明ゆらぎ黒揚羽〉（『をどり字』所収）と詠んだり〈黒揚羽身重の天使ゆた〳〵と〉（同前）と詠んだりしたのだった。（「陸沈」は市井の隠者のこと。出典は『荘子』の逸話。むろん荘周は夢で胡蝶に変じた男である。）

君逝くや秋たまゆらの黒揚羽
黒い揚羽の影がちらつく水の秋

「たまゆら」には「魂揺ら」の意が「エコー」するだろう。その背後には原義だという「玉響《たまゆら》」（巫女の手にした玉が触れ合って鳴る）も「エコー」する。それなら「魂鎮め」（鎮魂）または死者の霊魂を賦活するための「魂振り」の意味もこもるはずだ。

「エコー」は室井光広の愛用語である。言葉（文章）を読むとは、眼前の言葉（文章）の背後から聞こえてくる「エコー（こだま）」を聴き取ることなのだ。室井によれば、古今東西の全言語空間（全文学空間、全テクスト空間）は言葉同士が触れ合って反響し合う「エコー」の宇宙なのである。

夜になってから多摩川の土手に立ってみた。夜空は霽れていたが月はなく、私の眼には星もよく見えなかった。

銀河茫々君よく隠れよく生きたり

「よく隠れた者はよく生きた」はオヴィディウスに由来するラテン語の諺で、デカルトの座右の銘でもあったらしいが、私は秋山駿のなにかのエッセイで知ったはずである。

たしかに室井光広は「よく隠れた」。彼は東日本大震災の翌二〇一二年春に東海大学教員を辞めて文芸ジャーナリズムからも「隠遁」した。その決断には一年前に「隠遁」した私自身もほんの少し関わっていたのだが、私の中途半端な「隠遁」とちがって、彼の「隠遁」は徹底していて、諸雑誌編集部にわざわざ申し入れて雑誌寄贈をすべて断り、「文芸年鑑」からも名を削除してもらったという。

しかし彼は、その年の末に雑誌「てんでんこ」を創刊した。誌名は、津波が来たらとにかく「てんでんこ」(めいめい一人一人)で逃げろ、という、大震災後に話題になった東北の格言に由来する。

一九八八年にボルヘス論で「群像」新人賞評論部門を受賞して批評家として出発した彼は、一九九一年の『猫又拾遺』(掌篇十二篇の総題)から小説に転じた。小説の舞台は、『猫又拾遺』から死によって未完に終った最後の長編『エセ物語』まで一貫して、福島県南会津の彼の故郷をモデルにした土地だった。いわば「室井サーガ」である。

（書き方はいわゆる「サーガ」（物語）とはまるで違うのだが。）

そういう彼が東日本大震災の大津波と原発事故によって大きな衝撃を受けたのは当然だろう。一週間ほど茫然自失の状態ですごしたのち、彼はおもむろに、大津波に襲われた土地の地名――太平洋岸五百キロにも及ぶ――を、まるで「写経」するように、大学ノートに書写し始めたという。むろん、名を呼び名を記すのは鎮魂の行為にほかならない。（齋藤愼爾氏をまじえて会食した際、その「写経」ノートも見せてもらった。）

彼の行為は現実的にはまったく無力であり無効である。だが、私はこの無力かつ無効の行為に感動した。文学は無力だ、と誰でもいうが（私も大震災後にそんなことを書いたりしゃべったりした）、彼ほど真剣に無力さと向き合い無力さに徹した文学者は他にいまい。大震災に接して様々なパフォーマンスを演じた作家や詩人たちの大半を私は信用しない。それらはたいてい世間向けの「ケレン」であって、無力さに踏みとどまることがいかに難しいかを実証する現代的な病の症例にすぎない。私はただ、この無力かつ無効の行為に徹した室井光広を信用するのだ。

そういう体験を経た彼が「てんでんこ」を創刊したのである。創刊号冒頭には「願文」（無署名だがもちろん室井光広の文体だ）が掲載されていて、吉田文憲の予言的な詩集『原子野』（二〇〇一年刊）を引いてはじまるその「願文」は、創刊同人を「七名からなる単独者組合」と呼び、「単独者の組合とは、すなわち単独者の精神を極限にまで尊重し、各自の主体的創作行動を信頼し尽すという見果てぬ夢の組合、不可能性のギルドです」と述べている。(私は創刊メンバーではない。私が寄稿し始めたのは第二号からである。)「てんでんこ」創刊自体が、その命名に込められた意味も含めて、世間への顧慮ばかりを優先させる現代文芸ジャーナリズムの中にあって、すぐれて倫理的なふるまいだったのだ。

しかも彼は、編集人・発行人でありながら、奥付にも名を出さず、連載小説やコラムも匿名・偽名で書き、二〇一六年の第八号のエッセイに署名するまで完全に隠れ続けていた。その意味で彼は黒子に徹していて、特に、大学の教え子でもある若い詩人や作家、批評家たちを世に出す「伯楽」としての仕事に熱心だった。第二号(二〇一三年五月発行)に近況報告のつもりで送った私の俳句を初めて「作品」として誌面で扱ってくれたのも彼である。

彼はまさしく「よく隠れよく生きた」。

断腸花骨を拾ひに行く朝の

二十九日朝、「骨を拾ひに」出かけた。縄文土器のかけらを拾うように、という心である。(彼は一時期縄文土器にのめり込んでいて、『縄文の記憶』という著書もある。彼にとって「縄文」は「東北」の基層なのだ。)くれぐれも、と念を押されたので、ふだん散歩するときのままの平服である。

私の町の駅前通りの花壇にこぼれるほど咲いているのは園芸種のベゴニアだが、ベゴニアと秋海棠はもともと同じ花らしい。「断腸花」は秋海棠の別名である。

大磯には少数の親族と私を含めて四人の文学仲間が、みんな平服で集まった。癌で亡くなった友人は何人も見てきて、その枯木のような死顔を見るのが辛かったのだが、室井光広の顔は生前とあまり変わらず穏やかだった。

棺にりんだう大字哀野を花野とす

彼は「室井サーガ」の舞台を「猫又」とか「八岐の園村」とか「下肥町」とか(わざとあざとく)命名したが、中篇小説のタイトルにもなった「大字哀野」もその一つ。正しくは「アイノ」だがここでは「アイヤ」と訓みたい、と書いている。この「アイヤ」が台湾人の母とユダヤ系アメリカ人の父の血を引く青年が発する感嘆詞「アイヤ!」と重なってさまざまな「エコー」へと変換されていくことになる。むろん漢字の示す「哀」も「野」も響いている。言葉の繊維をほどいては結びまたほどいては結び直し、そうやって次々に変換して思いがけない「エコー」を引き出す室井流の方法だ。それは過激化すればジェイムズ・ジョイス『フィネガンズ・ウェイク』の方法であり、おだやかにすれば柳田国男の方法なのでもあった。

君は燃え我は秋日の猫じやらし

「焼き上がる」までの間、一人で火葬場裏の喫煙所に行ったら、ようやく差し始めた陽射の中に一匹の黒猫がいた。まだ華奢な若い野良だ。両耳の後ろに噛まれたらしい大きな傷痕があった。ちなみに、大字哀野では、猫は「現世と冥界との霊的往来の際の媒介者だと信じられている」そうだ。(この猫の写真も残してある。)

喉ぼとけ箸でつまゝれ黙す秋

参列者が二人一組で一つずつ骨を拾った後、黒服の係員が白い大きな骨を箸でつまんで、これが喉仏の骨です、とわざわざ紹介して骨壺に入れた。彼はただその火葬場でのルーティンに従っただけだったのだろう。しかしそれは、興に乗れば文学を語って倦むことない饒舌を繰り広げもしたあの室井光広の喉仏の骨なのだった。

室井光広のモチーフによる変奏　十八句

残暑てふ漢字をほどきあはれかな〱

執拗な残暑の日々がつづくが、朝夕には澄んだ音色で蜩が鳴く。まるで「残暑」という漢語の暑苦しさを涼やかな大和言葉にほどいてくれるように。「かな〱」は蜩であり蜩の鳴き音でもあるが、さらに加えて、この「かな」は「あはれ」をこめた詠嘆の「かな」でもあり「かな文字」の「かな」でもあるだろう。固定した漢字表記をかなにほどき、かなの背後に声を聴き、声をゆらして様々な「エコー（こだま）」を聴き取るのが、たとえば地名研究などで展開された柳田国男の方法であり、そのまま室井光広の方法でもあった。そして、漢字の傍らにそっと寄り添うふりがなは、「おどるでく」という千変万化する変化のものの一態にほかならなかった。「おどるでく」は「言葉の深層にではなくその表層に」（『おどるでく』）踊るのであり、漢字の意味という深層を捨てて音という表層だけを流用した「万葉仮名はおどるでくの元祖」（同前）なのである。かくして、日本語の「あはれ」は「かな」にこそ宿る。

秋出水かけ橋いくつ途絶えたる

室井光広の死をはさむ今年の九月十月、台風被害が相次ぎ、増水した川にいくつもの橋が落ちた。橋は此岸と彼岸をつなぐもの。室井光広は孤立しがちな私を外界へとつないでくれる大事なかけ橋だったのだが、彼にとって「かけ橋」は「架け橋」であるとともに「欠け端」なのでもあった。縄文土器の「かけら＝欠け端」が失われた「全体」の記憶をおぼろに内蔵しているように、断片であることによって「欠け端」はまぼろしの「全体」への「架け橋」となる。それならば、現《うつつ》には「欠け端」でしかない我々という存在も、我々の言葉も、失われた「全体」への郷愁において、夢の「架け橋」なのかもしれない。現身の室井光広は死に、現の橋は途絶えて「欠け端」となったが、それゆえに、嵐が去って横雲が峰を離れる夜のほの明けに、この「欠け端」はいっそう純粋な「夢の浮橋」となって空に架かる。

なお、「欠け端＝架け橋」という着想を、彼はおそらく大江健三郎の短篇『もうひとり和泉式部が生れた日』から得ている。大江健三郎は室井光広が一番敬服していた日本の作家である。大江がノーベル文学賞を受賞した翌一九九五年、私は室井光広と松原新一と三人で「大江作品全ガイド」なる途方もない座談会を行なったのだった。『群像特別編集　大江健三郎』に載っている。

秋さびし木霊かそけき森に来て

ギリシャ神話の「エコー」はニンフで若い女性イメージだが、日本語の「こだま」は木霊、木の精霊、魑魅魍魎のたぐいである。樹木もまばらに木霊たちの声もかそけきこの森は現代文学の森なのかもしれない。

行間に魑魅《すだま》隠れる秋灯下

小説『おどるでく』で室井光広は一九九四年上半期の芥川賞を受賞した。カフカの創造した奇妙な生き物「オドラデク」と似た性質も持つらしい「おどるでく」は、古民家に棲みついてめったに姿を現さない「スマッコワラシ」（室井流に変形したザシキワラシみたいなもの）にもなぞらえられるが、同時にそれは文字に取り憑く精霊、つまりは声に取り憑く「こだま（木霊）」と同類の魑魅《すだま》の一種でもあるらしい。「スマッコワラシ」にめったに遭遇できないように、「おどるでく」に出遭うのも難しい。ページを開いたとたん、彼らはわらわらと行間に逃げ込んでしまうのだ。

月の夜を木霊言霊をどる木偶

自然界でも言語界でも、いまやあらゆる精霊は死滅しかかっているのかもしれない。だが、陽光の下には姿を見せない彼ら木霊や言霊や「おどるでく」がどこからか現れてみんなそろって舞い踊る――そんななつかしい月夜がありそうな気がする。

評論「声とエコーの果て」によれば、生者の発した声はいったん死んで木霊になり、その木霊を聴き取って「廻向」(えこう＝エコー)するとき、木霊は言霊になるのだという。意外なことに、これは江戸の国学者・富士谷御杖の言霊論と基本認識を共有している。室井の文章に御杖の名は見えないのだが。

秋の夜は貉《ムジナ》が婆を搗き殺す

私自身の木霊言霊の起源へと遡れば、幼い夜々、読み書きを知らぬ祖母から寝物語に聞いた昔話にまで行き着く。ある夜は鳥を呑んだジサマが「アヤチュウチュ、コヤチュウチュ、錦サラサラ五葉ノサカズキ、キミラピイー」と妙音の屁をひって殿様から褒美をもらい、まねした欲ばりジサマは殿様の前でアッパをこいて散々打擲され、血だら真赤で帰って来るジサマを屋根の上から遠目に見つけたバサマは褒美に赤いべべをもらったのだと思って血が出るまでベッチョを叩いて嬉しがるのだった。別の夜はムジナがババを杵で搗き殺してジサマにババア汁を食わせ、また別の夜、ヤマンバに追っかけられて真っ暗な山道を逃げ走っているのはこの私自身にちがいなかった。そうして何があっても「イチゴサッケーモーシタ」。おかしくもむごたらしいそんな話が私の「文学のふるさと」だ。私の木霊言霊は今でもそこで踊っている。

室井光広の「文学のふるさと」もおおかたそんなものだったろう。なにしろ江戸時代の一時期、わが故郷は会津藩に編入されていたのだ。だが、室井の祖母は土蔵で首を吊って死んだらしい。『大字哀野』によれば発見したのは十七歳の彼自身だったという。

手習ひの兄おとうとよ霧の村

日清戦争の年に生れて小学校にも通えなかった祖母とちがって、昭和も戦後に生れた孫は読み書きを教わる。私は得意気に「家の光」の総ルビ小説を祖母に読んでやったりしたのだった。

「手習ひ」は学校の宿題だろう。ミカン箱を机代わりにした「霧の村」のこの兄弟は越後南魚沼の井口兄弟か？　みちのく福島南会津の室井兄弟か？　もしかして、若き日の室井光広が私淑していたみちのくの血縁なき二人のシュージ兄弟、津島修治（太宰治）

と寺山修司か？　それなら彼らの手習いは習字でもあり修辞でもあるか？

名刺あり「私設月光図書館司書」

口承の「ふるさと」を出離した私は文字の都の住人になった。室井光広も同じことだ。とりわけ彼は、若いころ或る私立図書館に勤務していた経歴をもつ。図書館は文字によって作られ文字によって閉ざされた文字の小宇宙だ。

ここは月光のあやかしが創り出した「月光図書館」。館長は「バベルの図書館」創設者でもあるボルヘスにちがいない。（もちろん室井光広は名刺など作らなかったろうが、『ドン・キホーテ讃歌』によれば、彼は一時期、講演などに招かれた際の自己紹介欄に「バベルの図書館勤務」と記していたそうだ。）

漆炎え縄文の蛇穴に入る

室井光広の故郷は木地師の伝統の残るような村だったらしいが、江戸時代から漆の産地で漆の木も多かったという。木工製品の仕上げに漆は不可欠だ。縄文人も漆を使いこなしていたらしい。その漆の木々が鮮やかに紅葉する季節、穴に入る蛇もまた縄目文様。「朽縄（口縄）」たる蛇はすべて「縄文」の蛇なのだ。（縄文人の蛇信仰を強調する吉野裕子『蛇』は室井の縄文論の根拠の一つだった。）

漆（漆器）は英語で japan である。彼は私家版の詩歌句集を『漆の歴史』と名付けていた。一九八八年の「初刷」限定二部以来何度か数部ずつ「増刷」（？）してきたらしいが、私の所持しているのは一九九六年の「限定十二部のうち４番」である。彼はたぶん、大事な言葉は人から人へじかに手渡しされるべきだ、と思っていたのだろう。

漆紅葉下照る道の文字かぶれ

大冊『漆の歴史』の「序詩」にいう。

ウルシ、はきっとウルワシの
双子座である
そしてウルシは
原詩《ウル》である

「やまとしうるわし。麗しの詩／たたなずく。すべなきものであったよのなかのみち／にひっそりと寄り添う如く／ねばねばとしたたって」とつづく。

その「やまと」の春の苑の「紅にほふ桃の花」ならぬみちのくの「たたなずく」山間の漆紅葉の下照る道にいま出で立つのは「少女《をとめ》」ならぬまだ十五歳ほどの「少年《をのこ》」と見

える。「秋山の下氷壮夫《したびをとこ》」と呼ぶにはまだ幼いこの「少年《をのこ》」、漆ならぬ「原詩《ウル》」にかぶれた「詩ッ神かぶれ」にして「文字かぶれ」。いまだ「よのなかのみち」の「すべなさ」も知らぬくせに、辺阪の村で文字にかぶれ詩神にかぶれることの「恍惚と不安」だけは知っているのだ。

あんにやとて書読《ふみ》む秋を木挽唄

室井光広の小説第二作は『あんにゃ』と題されていた。「あんにゃ」は彼と私の故郷に共通する方言で、長男を指す言葉だ。次男以下は「おじ」である。「あんにゃ」は家父長権の継承予定者であり、家を統治し家族を保護する責任を要求される。「おじ」にはそういう重圧はなく自由だが、いずれ家から追放される不安がある。(彼の村と私の村では「あんにゃ」の用法がやや違うらしいが、そのことは「しししし」三号の「あんにゃとて」に書いた。)

「あんにゃ」は家を継ぎ家に残る。そこが山間の村ならさびれゆく村に残る。畑仕事や山仕事に追われる日々は彼から書物を読む習慣を奪うだろう。それでも読み続けるなら彼は孤立し、やがて村と対立してしまうかもしれない。森の中の村でダンテの『神曲』を読み続けた大江健三郎『懐かしい年への手紙』の「ギー兄さん」のごとく。

初めて室井光広に会ったとき、彼は私を「あんにゃ」に擬していて、実際、冗談めかして「あんにゃ」と呼びもした。「心のあんにゃ」（『おどるでく』）というわけだ。私が「群像」新人賞受賞の言葉で中村草田男の〈蟾蜍《ひきがへる》長子家去る由もなし〉を引いたのを覚えていてくれたのだろう。事実、私は彼より二歳年長で、しかも出自において長男であり、彼は次男だった。

彼は自分を究極の「おじ」的存在とみなしていたふしがある。「究極のおじ」とは、父や兄に心配ばかりかけている役立たずの存在、太宰治の津軽弁でいえば「おずかす」のことだ。たぶん彼はカフカ（カフカ家の長男だった）の「オドラデク」にもプラハの「おずかす」を見出していたはずだ。（『家父の気がかり』で通っているその短篇タイトルを、多和田葉子はぐっと砕けて『お父さんは心配なんだよ』と訳したが、それでは家長の権力性が見えにくくなる。）

しかし、私自身は、家を出て家に帰らず家を作りもしない「エセあんにゃ」だった。この「エセあんにゃ」は、東日本大震災直後の二〇一一年春に大学教員勤務を辞して「隠遁」を気取っていたが、その年六月、「究極のおじ」たる彼が勤務大学にいたたまれなくなって（彼には大江健三郎のいう「ヴァルネラブル」な一面、人間関係において理不尽な被害をこうむりやすい一面があったようだ）思いあぐねて相談に来たとき、言下に、「辞めれば楽になるよ」と無責任な悪魔の言葉を吹き込んだのだった。翌年春、彼はほんとうに大学教員を辞して「隠遁」した。

「てんでんこ」第四号（一四年四月発行）のための句稿を送った際、彼が電話をくれたことがあった。どうやら、句稿中の一句〈隠れ棲む覚悟もなくて牛蛙〉が自分のことではないかと気にしているらしかった。そんなことはない。散歩途中の多摩川べりに草木の繁った小さな中洲があって、夕暮れ時に岸辺に立つと、姿を見せぬまま「ぼわっ」「ぼわっ」と牛蛙が啼いている。それはほかならぬ半端な「隠遁者」たる私自身なのだった。もの書きはもの書きをやめない限り完全な「隠遁」などできやしない。私が時おり上げる声は牛蛙みたいにくぐもった声にすぎないが、彼の「てんでんこ」は立派な声だ。

むしろ作る際に彼の俤がちらりとよぎったのは、同じ句稿の中の〈独学者老いたり銀漢冴えわたる〉の方だった。むろんこれも最終的には私自身の自我像なのだが、私にとって室井光広こそ比類ない独学者だったのである。

黄落の中を眼病みの独学者

黄落の、おそらくは黄昏どきのうすい光のなかを、ゆっくり歩むこの独学者は失明したボルヘスだが、書物のページにすら薄闇がかかる「眼病み」への恐怖と不安において、私自身でもあり室井光広でもあるかもしれない。

ボルヘス夜なべして言の葉を綴れ織る

もちろん作家ボルヘスが言の葉を綴って織るのは言葉の織物たる「テクスト」というものだろう。しかし、大きなタバコの葉を撚り縄に綴り込む作業に毎夜追われた室井光広の生家のように、「夜なべ」の似合うこのボルヘスは、どうも正真正銘の田舎者、山賎《やまがつ》ではないかと疑われる。もしかすると彼は言の葉ならぬ木の葉で綴れ織っているのかもしれない。『遠野物語』第四話で目撃された山人（山女）が「裾のあたりぼろぼろに破れたるを、いろいろの木の葉などを添えて綴りたり」と描写されているように。

ともあれ、経糸にボルヘスやカフカやジョイスという「世界文学」、横糸に柳田国男の諸著作、というのが自覚した「田舎者」たる室井光広の「テクスト」の織り方だった。

鵙の贄なほあざらかな耳と舌

『日本霊異記』によれば、むかし、或る僧は山中で髑髏になっても舌だけは腐らずに法華経を唱え続けていたというが、室井光広の耳も舌もあっけなく灰になってしまった。ユニークな「言葉いじり」小説を書きつづけた彼は、最終的には、日本語版『フィネガンズ・ウェイク』を書きたかったのではないか、と私は思っている。もしそうなら、彼が心から欲しかったのは、日本語を聞き取り日本語を話し、しかも日本語を異化してしまう異人たるジェイムズ・ジョイスの耳と舌ではなかったか。

言語野はヨミの花野ぞ踏み迷へ

「ヨミ」はむろん「読み」でもあり「訓み」でもあり「黄泉」でもあろう。道を失って行き暮れることを恐れるのでなく、「踏み迷へ」と積極的に奨励し誘惑するのは踏み迷う愉楽を知ればこそだ。『太平記』が「落花の雪に踏み迷ふ片野の春の桜狩り」と謳ったように、自在なステップを踏んで「ヨミの踊り」(『おどるでく』)を踊ったあげく、踊り疲れてたとえ花野に行き暮れようとも、薩摩守忠度に倣って花々を「今宵の主《あるじ》」とするだけのことだ。(とはいえ『太平記』の一節は後醍醐天皇側近の日野俊基が鎌倉へ護送される死出の旅路の綴れ織り、つまりは「黄泉」への道行き文だった。)

室井光広の未完の長篇『エセ物語』は十干十二支で暦が一巡する還暦までの全六十回を予定していたようだが、日本語(会津弁)と朝鮮語と中国語(台湾語)という東アジア三言語の間で言葉の繊維の結んでほどいてを倦むことなくくりかえす小説だった。そこにはそもそも、主語–述語の連鎖によって終り(目的地)へと直線的に進行するハナシ

（ストーリー）というものがない。つまりそれは、書き出した時から、終り（目的地）なき小説だった。だからこそ終りは中国由来の暦法によって形式的に設定されるしかなかったのだ。

偏愛するドン・キホーテのごとき「遍歴の騎士」ならぬ原稿用紙の区画整理された田畑を「筆耕」する半分「百姓」の「遍歴の郷士」あるいは実体のない言葉や文章ばかりを蒐集して廻る「遍歴の文士」または「遍歴の言語（幻語？）士」たる彼は、いわば花野の花から花へと舞い遊ぶ黒揚羽のように、己が言語野を楽しげに遍歴しつづけたのである。朝鮮語にも中国語にも（英語にもデンマーク語にもスペイン語にも）連接するその言語野は、ほんとうは「己が」という所有格では囲い込めないような広漠たる「原野（幻野？）」だった。ここでこそ、東アジア三言語は、言葉の縁《えにし》の糸を結んでほどいて自由に交通し合うのだ。それは非政治的で非歴史的な遊戯にみえるが、現実の政治や歴史の理不尽な拘束を根底から批判し超出するという意味で非「政治」的かつ非「歴史」的なのである。

オラオラデシトリエグベシ彼岸花

「Ora Orade Shitori Egumo」（オラオラデシトリエグモ）、「標準語」に「翻訳」すれば

「私は私で一人で死んでいくもの」は、宮沢賢治のまだうら若い妹が死の間際に口にした言葉だった。室井光広はこれこそがキルケゴールのいう「単独者」の覚悟なのだという（『キルケゴールとアンデルセン』）。こうして彼は、キルケゴールの深淵な哲学概念を東北娘の素朴で真率な一言にほどいて「受け取り直し」た。（「受け取り直し」もキルケゴール由来の室井用語である。）室井によれば、デンマークはヨーロッパの東北であり、デンマーク語はズーズー弁みたいに訛っているのだ。

木守柿荒野をナマリの騎士が行く

「木守柿」が会津のみしらず柿なら、この「荒野《あれの》」は彼の故郷の貧しい山野のことかもしれず、なおも放射線降る「原（子）野」かもしれない。あるいは、耕作放棄で田園まさに荒れ果てた日本全国到る所の風景か。しかし、彼の言語野が諸言語の「野」へと連接していたように、「荒野」はエリオット（彼の友人・佐藤亨が「てんでんこ」にエリオットの詩を翻訳連載中だった）が予言的に描いた「荒地」にも、イギリスに搾り取られて飢え続けるしかなかったアイルランド（ジョイスやベケットの故国）にも、通じているだろう。ならばそれは現代文学の「荒野」でもある。

秋も末、その「荒野」を一人の「騎士」がゆく。ドン・キホーテのような時代錯誤にして居場所錯誤のちょっとユーモラスな文学の騎士である。文学の黄金の時代は遠く過ぎ去り、銀の時代も銅の時代も過ぎ去って、もはや鉄の時代、どころか鉛の時代である。どうやら会津訛りらしいこの騎士はやっぱり室井光広にちがいない。

君逝きて電子文字降る枯野かな

もはや冬。文学の野も枯れ尽した。苦しい病床の日々、「憂い顔の文士」の夢も茫々たる文学の枯野を駆けめぐったのだろうか。(室井光広の原稿は最後まで手書きだった。)

初出——「群系」四三号(二〇一九年十二月二十日発行)
その後「てんでんこ　室井光広追悼号」(二〇二〇年十月十日発行)に増補加筆版。
今回また少し補筆した。

十四年を隔てて河林満に贈る
この世の四季の十句

河林さん、あなたが急逝したのは二〇〇八年一月十九日、五十七歳の早すぎる死でした。

その四年前には、立川近辺での飲み仲間の小笠原賢二さんが五十八歳で亡くなっていました。「立川グループ」は六十歳の坂を越えられないのか、などと冗談まじりで言い合っていたら、あなたの死の二年後、この私に破裂間近の大動脈瘤が見つかりました。やっぱり五十七歳でした。

私はさいわい生き延びましたが、他にも医師から「重大問題」を複数指摘されたので、余命十年と思い定めて大学の職も辞しました。

河林さん、実はこの十年ほど、俳句を作っているのですよ。師もなく仲間もなく、自家消費用の我流俳句ですが、ゆくりなく天から降ってきた玩具みたいで、これがなかなか面白い。あなたに初めて披露します。

春立つやそゞろなつかしそゞろ神

＊〈春立てる霞の空に白河の関越えんと、そぞろ神の物につきて心をくるはせ〉（芭蕉『奥の細道』）

まずは十四年ぶりに久闊を叙す挨拶句です。今日は暦の上でちょうど春立つ日、立春なのです。

十四年前、本誌（「文芸思潮」第二三号、二〇〇八年初夏）の追悼文を「わが外来魂」と題しました。外来魂とは折口信夫の概念で、常世の国から定期的に来訪しては土地の魂を賦活して去って行く霊力のこと。閉じこもりがちで動かぬ私のもとへ（不意の電話で）強引に押しかけてきては（失礼ご容赦）静穏なわが魂を波立たせ（居酒屋へと）連れ出し、無理やり活性化を強いてくれたあなたのことです。

そのときも、生前にはうっとうしいこともあったが、亡くなってみるとなつかしくてたまらぬ、と書いたのですが、今もまた同じ思いがつのります。

「余命十年」はだらだらとすぎたものの、なにしろこのウイルス禍、重症化要因を複数抱える身はどこへも行かず誰とも会わず誰とも口をきかぬ日々を過ごしてきたのでした。それが苦にならぬ、むしろ適度に心地よいと感じてしまう性分とはいえ、さすがに二年ちかくともなれば、この不活性な土着霊も重い腰を上げたくなるのです。だが、やっかいなことに自力ではままならず、「そゞろ神」のお誘いを待っている、という次第です。「外来魂」たるあなたは閉じこもる私の魂を外へと誘い出してくれる「そゞろ神」なのでもありました。

春宵や罪障呷ってべろんく

＊〈酒が飲みたい夜は／酒だけでない／未来へも罪障へも／口をつけたいのだ〉（石原吉郎「酒が飲みたい夜は」）

＊〈クリスマス踊り子サロメべろんべろん〉（佐々木有風）

誘い出されて芭蕉のように白河の関を越えればあなたの故郷のいわき市にも行けるのですが、どうせ僕らの行く先は近くの居酒屋。二人とも飲みだせば止まらないたちでした。あなたが酒といっしょに呷っていた罪障がいかなるものだったか私は知りません。私が呷っていた罪障をあなたが知らないのと同様です。そうして二人とも、佐々木有風の戦前ハルピンの酔いどれサロメのように、またあなたの「穀雨」が描いた気の毒なアル中女のように、「べろんべろん」になっていくのでした。

母の棺の黒い羊水旱草《ひでり》

＊〈母の郷里の墓地は海のそばにあった。土葬で埋められた墓を、作業員が掘り返していくと、黒い水が湧いてきた。……バールを持ち出して蓋の隙間に差し込み、思い切り力を入れるとあっけなく開いた。すると棺のなかにも黒い水が溜まっていた。そしてそこに白い頭蓋骨がポツンと浮いていた。記憶にない母親の残骸だった。……あのとき、黒い水を飲んでみたいと思ったのはなぜだろう。〉（河林満「黒い水」）

母親思慕はあなたの文学の最大モチーフでした。「黒い水」で描いた故郷の墓の改葬の場面ですが、「冬空を映す穴の底の水」と続いているのを無視して、あなたの代表作「渇水」の季節である夏に移しました。母親思慕の究極は羊水に満たされた母胎回帰願望でしょう。つまり、水への渇きと母への渇きはつながっているはずです。あなたが棺に溜まっている黒い水を飲んでみたいとすら思ったのは、それが羊水でもあったからなのでしょう。

ぷらぷくりぬるぬらぷかりメメ水母

＊〈まさかこんな所にメメクラゲがいるとは思わなかった〉（つげ義春「ねじ式」）

羊水に浮かぶ胎児の体感を擬音でもどいてみました。まるで水中をただようクラゲの体感です。つげ義春のマンガ「ねじ式」の「メメクラゲ」も「水母」と書けば水の母（もしくは水なる母）です。そもそも原稿の「××クラゲ」が誤植で「メメクラゲ」になったという「ねじ式」には、〈もしかしたらあなたは僕のおッ母さんではないですか〉というセリフもあるのですが、母親探しは誤植みたいな誤謬の連鎖で、あげく、母親みたいでもあり娼婦みたいでもある女医がメメクラゲに切られた血管を水道栓のようなネジでつないでくれたのでした。その女医が言います〈そのねじは締めたりしないでください　血液の流れが止まってしまいますから〉そして、主人公が水道料金長期滞納の家の水を止めて廻る小説「渇水」でも、水を止められ、親に見放されたらしい幼い姉妹が鉄道自殺してしまいます。やっぱり水は血でもあったのでした。

「渇水」の夏をもう一句。

流れぬ水は腐るだけだぞ蟾蜍

＊〈水は流れ、貯蔵され、また流れる。動きを止めた水は、腐るしかない〉（「渇水」が文學界新人賞を受賞した際の河林満「受賞の言葉」）

そう。母親の羊水もいずれは腐って「黒い水」になってしまうのです。あなたはそのことをわかっていました。あなたにさとされている動かぬ蟾蜍はたぶんこの私。私は「群像」新人賞受賞の言葉に中村草田男の〈蟾蜍《ひきがへる》長子家去る由もなし〉を引用したのでした。

秋の夜の酔ひは言葉で醸すもの

〈白玉の歯にしみとほる秋の夜の酒はしづかに飲むべかりけり〉（若山牧水）のように「しづかに」しみじみ語りあうような飲み方がしたいもの、とは思いながら、そんな「大人」の飲み方は僕らには無縁。僕らの言葉はつねに騒がしく、ときに激して議論になり、酔いは悪酔いになったりするのでした。

らあらあと唱つて渡れ天の川

＊〈頭が暗い土塊になつて、／ただもうラアラア唱つてゆくのだ〉（中原中也「都会の夏の夜」）

あなたとはしょっちゅう酔って歌いましたね。静岡で小川国夫と歌いまくった夜などを思いだしますよ。では、この歌好きの男はあなた？私？　天の川を渡るとはメルヘンみたいですが、地上の川であれ天上の川であれ川はすべて境界。ならばこの男がらあらあと歌って渡るのは、実は生と死を隔てる三途の川なのかもしれません。それなら「銀河鉄道の夜」みたいでますますメルヘン。しかし、乱酔のあげく暗い土塊となった男の頭には人の世の悲しみがいっぱい詰まっているはずです。

夜警斃れて脳内真赤な寒夕焼

いよいよ冬。あなたは一月十六日の夜、警備勤務中に倒れ、十九日に息を引き取りました。脳内に血液が浸潤して脳幹を圧迫していたそうです。あなたが最後に見たのがどんな風景だったにせよ、脳内に血液が溢れた時、いっさいは真赤な寒夕焼と化したのではなかったでしょうか。

死後を生きいま熱燗を酌み交はす

死後を生きているのは単行本『黒い水・穀雨　河林満作品集』が刊行され新たに「渇水」が映画化され文庫化されるというあなたでしょうか。いや、五十七歳で「隠遁」を決めこんだこの私もとっくに死後を生きているのではないでしょうか。いやいや、我々みんな、文学の死後を生きるゾンビみたいな存在であり、死んだのに死んだことに気づかぬゾンビたちが集まって、いまにぎやかに歓談しながら熱燗を酌み交わしているのかもしれません。

最後に新年の一句。

我もまた逆旅の過客去年今年

＊〈月日は百代の過客にして行きかふ年もまた旅人なり〉（芭蕉『奥の細道』）

＊〈夫れ天地は万物の逆旅にして光陰は百代の過客なり〉（李白「春夜宴桃李園序」）

芭蕉の跡を踏んで書き出したこの十句、芭蕉の跡に立ち返ってひとまずの別れの挨拶句とします。死のうがゾンビになろうが、文学の言葉は永遠に向けて書くしかないもの。

そして、河林さん、永遠の前では、この世の十四年の時差などなにほどのこともありません。

初出――「文芸思潮」第八三号（二〇二二年三月二十五日発行）

あとがき

『天來の獨樂』『をどり字』に続く三冊目の句集である。『をどり字』以後、二〇一八年春から二〇二二年春先までほぼ四年間、全三六一句。

初出誌は、ほぼ毎号載せた「てんでんこ」「鹿首」「豈」「俳句新空間」（ネット上の「BLOG俳句新空間」を含む）のほかに、「俳句四季」二〇一九年八月号、「連衆」八四号、「群系」四三号、「五七五」六号、「文芸思潮」八三号などである。

三部仕立てで構成した。第一部は単独句、第二部は連作句、第三部は旅の句。それぞれ句作の意識が少しずつ異なる。各部内の句はほぼ作成順に配列した。

ただし、あくまで句集編集上の便宜だから、区別はあまり厳密ではない。短い旅で詠んだ句やちょっとした連作が第一部に入っているし、単独で作った句を集めて事後的に連作としてまとめたものもある。

タイトルは第一部末尾の

その前夜（いまも前夜か）雪しきる

から採った。

句を作ったのは二〇二一年の十二月だが、ネット上の「ＢＬＯＧ俳句新空間　冬興帖」に送稿したのは今年の一月十八日、掲載されたのは二月二十五日だった。プーチンのロシアがウクライナ侵攻を始めた翌日である。

作った時点ではきわめて私的な出来事が念頭にあった。むろん、どう読まれようとかまわないので、赤穂浪士討入りでも二・二六事件でも、あるいは東映任侠映画での高倉健の殴り込みシーンでも、何を連想してもらってもかまわないつもりだったが、いまや私には、ロシアの暴挙と切り離せない句になってしまった。

侵略される側からの悲惨な映像を毎日突き付けられる。胸が痛む。そのうえ、核兵器使用の可能性まで取りざたされている。かろうじて維持されてきた世界の秩序が根底からぶっ壊れ始めたようだ。（いまも前夜か）

七十七年前の夏、突如満洲や南樺太へと侵攻したソ連の蛮行を思い出す。（満洲で捕虜になった私の父は、一兵卒だったにもかかわらず、シベリアに四年三カ月「抑留」された。）

その一方、「国連」を無視し、他国を自国の「生命線」扱いし、主権国家同士の「戦争」でなく「特別軍事作戦」だと言い張り、国内言論を封殺し、反対派を弾圧し、虚偽で固めたプロパガンダを垂れ流し、「虐殺」は西側の「フェイク」報道や敵の「自作自演」だと否認し……プーチンのやり口は「満洲事変」から「支那事変」に至る大日本帝国のやり口そのものじゃないか、という自省も働く。

だが、そんな「大問題」に悲憤しつつ、その実私は毎日テレビを観ているだけなのだ。無力感がつのる。

一九三九年、第二次世界大戦が勃発した年の中村草田男の句を思い出す。

世界病むを語りつつ林檎裸になる

とはいえ、自らが裸に剝かれるほどの危機的な体感はまだ私にはない。戦場から遠く離れた安全な一隅で、私は祈りの作法も知らぬまま、ただ唇頭でつぶやくばかりだ。

世界やはらげよ雨の花あやめ

（この「やはらげよ」は自動詞のつもりだ。）

末尾に、「追悼句による室井光広論のためのエスキース」と「十四年を隔てて河林満に贈るこの世の四季の十句」と、俳句を織り込んだエッセイ二篇を収録した。(エッセイ中の俳句は第二部に抽出してある。)

室井光広のことを思いながらおのずと出来上がったスタイルだが、いわば俳句による作家論であり作品論である。

私自身の俳句観でいえば、『をどり字』の帯に書き、同書の「我が俳句——あとがきを兼ねて」で敷衍した「俳は詩であり批評である」という信念の特殊な実践の一例である。

文章の全体は、主として俳句と自句自解(時に戯解)のつづれ織りの形をしているが、私にとっては新たな俳文の試みである。私は、たとえば芭蕉が旅をしつつ文章を書き句を詠んだように、室井光広(そして河林満)という作家の作品を旅しつつ句を詠んだのだ。

俳句そのものについていえば、あらゆる言語表現(テクスト)は他者の言語表現(テクスト)から作られるという意味での「間テクスト的俳句」もしくは「テクスト論的俳句」の限定的実践である。私のテクストの直下には室井光広や河林満のテクストが隠れているのだ。

これを読んで室井氏や河林氏の作品を読みたいと思っていただければ幸甚だが、逆にこれだけで十分満足していただけるならそれはそれで我が俳句＝批評の光栄でもある。もっとも、読者は作者の自句自解などに拘束される義務はないから、いつでも誰の作品に対しても、自句自解など蹴飛ばして読む（読み変える）権利をもつ。これらの句に対してもそうして読み変えていただけるなら、つまりは室井氏や河林氏のテクストに拘束された（敢えて身を寄せた）私の句がなおもそんな解放可能性に開かれているなら、それはまた私のいっそうの喜びである。

さらに、同じことを批評の側からいえば、たんに作品分析や評価に終始するのでなく、作品（テクスト）の秘めた（作者自身にも意想外な）可能性を自由に解放し、時には新たな作品に作り変えたりする「作品としての批評」、すなわち「創造的批評」――それはボルヘスに学んだ室井光広が目指した批評のあり方でもあった――の俳句形式による実践でもある。

おそらく前例のない、画期的な試みだろうという自負がある。

――いやいや、そんなにことごとしく言い立てる必要はない。

少なくとも、このスタイルによって、批評家としても、俳句作者としても、私の内部で軽やかに解放されたものが、たしかにある。それだけで十分なのだ。発表された作品は、言葉の宇宙へと放たれて、かすかな「エコー」を響かせる。読むとは、読者が自らの耳で独自の「エコー」を聴きとることだ。室井光広はそう言った。本書の二六一句、そんなふうに読んでいただければありがたい。

最後に、深夜叢書社社主・齋藤愼爾氏と、装幀してくれた髙林昭太氏に、三度目の、感謝。

二〇二二年五月八日記

（六月付記：カバー写真は髙林氏自身が撮った我が故郷・越後南魚沼の雪の風景、表紙写真はキーウ在住の写真家による森に降る雨の風景だそうだ。もしかしたらウクライナの雨かもしれない。髙林さん、あらためて、ありがとう！）

井口時男　いぐち・ときお

一九五三年、新潟県（現南魚沼市）生れ。一九七七年、東北大学文学部卒。神奈川県の高校教員を経て一九九〇年から東京工業大学の教員。二〇一一年三月、東京工業大学大学院教授を退職。

一九八三年「物語の身体——中上健次論」で「群像」新人文学賞評論部門受賞。以後、文芸批評家として活動。

文芸批評の著書に、『物語論／破局論』（一九八七年／論創社／第一回三島由紀夫賞候補）、『悪文の初志』（一九九三年／講談社／第二二回平林たい子文学賞受賞）、『柳田国男と近代文学』（一九九六年／講談社／第八回伊藤整文学賞受賞）、『批評の誕生／批評の死』（二〇〇一年／講談社）、『危機と闘争——大江健三郎と中上健次』（二〇〇四年／作品社）、『暴力的な現在』（二〇〇六年／作品社）、『少年殺人者考』（二〇一一年／講談社）、『永山則夫の罪と罰』（二〇一七年／コールサック社）、『蓮田善明——戦争と文学』（二〇一九年／論創社／芸術選奨文部科学大臣賞受賞）、『大洪水の後で——現代文学三十年』（二〇一九年／深夜叢書社）、『金子兜太——俳句を生きた表現者』（二〇二一年／藤原書店）など。句集に『天來の獨樂』（二〇一五年／深夜叢書社）、『をどり字』（二〇一八年／深夜叢書社）がある。

その前夜

二〇二二年八月一日　初版発行

著　者　井口時男
発行者　齋藤愼爾
発行所　深夜叢書社
郵便番号一三四—〇〇八七
東京都江戸川区清新町一—一—三四—六〇一
info@shinyasosho.com

印刷・製本　株式会社東京印書館

ISBN978-4-88032-470-8 C0092